636

LES PÉLOPIDES,

OU

ATRÉE ET THIESTE,

TRAGÉDIE.

Par M. DE VOLTAIRE.

Le Prix est de 12 sols.

A GENÈVE,

Et se trouve, A TOULON,

Chez J. L. R. MALLARD, Imprimeur - Libraire,
Place St. pierre.

M. DCC. LXXII.

AVIS
DE L'EDITEUR.

Tout ce qui sort de la plume de
M. de VOLTAIRE,
est en droit d'intéresser le Public.
Il vient de paraître une Tragédie
nouvelle dans l'edition de tous ses
Ouvrages, qu'on imprime actuellement
à Lausanne, en Suisse, chez F.
Grasset & Compagnie ; j'ai cru
devoir imprimer cette Pièce séparé-
ment : comme Souscripteur de cette
grande & riche Collection, j'espère
que M. de VOLTAIRE ne
me saura pas mauvais gré d'avoir
mis ce nouveau Drame à portée
d'être admiré par un plus grand
nombre de Lecteurs.

FRAGMENT

D'UNE LETTRE.

JE n'ai jamais cru que la Tragédie dût-être à l'eau rose. L'églogue en dialogues, intitulée Bérénice, à laquelle Madame Henriette d'Angleterre fit travailler Corneille & Racine, était indigne du théâtre tragique. Aussi, Corneille n'en fit qu'un ouvrage ridicule. Et ce grand maître Racine eut beaucoup de peine avec tous les charmes de sa diction éloquente, à sauver la stérile petitesse du sujet. J'ai toujours regardé la famille d'Atrée, depuis Pélops jusqu'à Iphigénie, comme l'attelier où l'on a dû forger les poignards de Melpomène. Il lui faut des passions furieuses, de grands crimes, des remords violens. Je ne la voudrais ni fadement amoureuse, ni raisonneuse. Si elle n'est pas terrible, si elle ne transporte pas nos ames, elle m'est insipide.

Je n'ai jamais conçu comment ces Romains qui devaient être si bien instruits par la poëtique d'Horace, ont pu parvenir à faire de la tragédie d'Atrée & de Thieste, une déclamation si plate & si fastidieuse. J'aime mieux l'horreur dont Crébillon a rempli sa piéce.

Cette horreur aurait fort réussi sans quatre défauts qu'on lui a reprochés. Le premier, c'est la rage qu'un homme montre de se venger d'un offense qu'on lui a faite, il y a vingt ans. Nous ne nous intéressons à de telles fureurs, nous ne les pardonnons que quand elles sont excitées par une injure récente qui doit troubler l'ame de l'offensé ; & qui émeut la nôtre.

Le second, c'est qu'un homme qui, au premier acte, médite une action détestable, & qui sans aucune intrigue, sans obstacle & sans danger l'exécute au cin-

quiéme, eſt beaucoup plus froid encor qu'il n'eſt horrible. Et quand il mangerait le fils de ſon frère, &
ſon frère, même tout cruds ſur le théâtre, il n'en ferait
que plus froid & plus dégoûtant, parce qu'il n'a aucune
paſſion qui ait touché, parce qu'il n'a point été en pé-
ril, parce qu'on n'a rien craint pour lui, rien ſouhai-
té, rien ſenti.

Inventez des reſſorts qui puiſſent m'attacher.

Le troiſième défaut eſt un amour inutile, qui a
paru froid, & qui ne ſert, dit-on, qu'à remplir le
vuide de la piéce.

Le quatrième vice, & le plus révoltant de tous, eſt
la diction incorrecte du Poëme. Le premier devoir,
quand on écrit, eſt de bien écrire. Quand votre Piéce
ferait conduite comme l'Iphigénie de Racine, les Vers
ſont-ils mauvais, votre Piéce ne peut être bonne.

Si ces quatre péchés capitaux m'ont toujours révolté;
ſi je n'ai jamais pu, en qualité de Prêtre des Muſes,
leur donner l'abſolution, j'en ai commis vingt dans
cette Tragédie des Pélopides. Plus je perds de temps à
compoſer des Piéces de Théâtre, plus je vois combien
l'art en eſt difficile. Mais Dieu me préſerve de perdre
encor plus de temps à recorder des Acteurs & des Ac-
trices. Leur art n'eſt pas moins rare que celui de la
Poëſie.

ACTEURS.

ATRÉE.

THIESTE.

ÆROPE, fille d'Euristhée, femme d'Atrée.

HIPPODAMIE, fille de Pélops.

POLÉMON, archonte d'Argos, ancien gouverneur d'Atrée & de Thieste.

MÉGARE, nourrice d'Ærope.

IDAS, officier d'Atrée.

La Scène est dans le Parvis du Temple.

LES PÉLOPIDES,
OU
ATRÉE ET THIESTE,
TRAGEDIE.

ACTE PREMIER.

SCENE PREMIERE.

HIPPODAMIE, POLÉMON.

HIPPODAMIE.

VOILA donc tout le fruit de tes soins vigilans!
Tu vois si le sang parle au cœur de mes enfans.
En vain, cher Polémon, ta tendresse éclairée
Guida les premiers ans de Thieste & d'Atrée.
Ils sont nés pour ma perte, ils abrégent mes jours.
Leur haine invétérée & leurs cruels amours
Ont produit tous les maux où mon esprit succombe.
Ma carrière est finie, ils ont creusé ma tombe,
Je me meurs !

POLÉMON.
Espérez un plus doux avenir.

Deux frères divisés pourraient se réunir.
Nos archontes sont las de la guerre intestine,
Qui des peuples d'Argos annonçait la ruine.
On voit éteindre un feu prêt à tout embraser
Et forcer, s'il se peut, vos fils à s'embrasser.

HIPPODAMIE.

Ils se haïssent trop ; Thieste est trop coupable ;
Le sombre & dur Atrée est trop inexorable.
Aux autels de l'hymen, en ce temple, à mes yeux,
Bravant toutes les loix, outrageant tous les dieux,
Thieste n'écoutant qu'un amour adultère
Ravit entre mes bras la femme de son frère.
A garder sa conquête il ose s'obstiner.
Je connais bien Atrée, il ne peut pardonner.
Ærope au milieu d'eux déplorable victime,
Des fureurs de l'amour, de la haine & du crime,
Attendant son destin du destin des combats,
Voit encor ses beaux jours entourés du trépas.
Et moi dans ce saint temple où je suis retirée,
Dans les pleurs, dans les cris, de terreurs dévorée,
Tremblante pour eux tous, je tends ces faibles bras
A des dieux irrités qui ne m'écoutent pas.

POLÉMON.

Malgré l'acharnement de la guerre civile,
Les deux partis du moins respectent votre asyle ;
Et même entre mes mains vos enfans ont juré
Que ce temple à tous deux serait toujours sacré.
J'ose espérer bien plus. Depuis près d'une année,
Que nous voyons Argos au meurtre abandonnée,
Peut-être ai-je amoli cette férocité
Qui de nos factions nourrit l'atrocité.
Le sénat me seconde, on propose un partage
Des états que Pélops reçut pour héritage ;
Thieste dans Micène, & son frère en ces lieux,
L'un de l'autre écartés, n'auront plus sous leurs yeux
Cet éternel objet de discorde & d'envie,
Qui désole une mère ainsi que la patrie.

L'absence

L'abſence affaiblira leurs ſentimens jaloux ;
On rendra dès ce jour Ærope à ſon époux :
On rétablit des loix le ſacré caractère.
Vos deux fils régneront en révérant leur mère.
Ce ſont là nos deſſeins. Puiſſent les Dieux plus doux
Favoriſer mon zèle & s'appaiſer pour vous !

HIPPODAMIE.

Eſpérons : mais enfin, la mère des Atrides
Voit l'inceſte autour d'elle avec les patricides.
C'eſt le ſort de mon ſang. Tes ſoins & ta vertu
Contre la deſtinée ont en vain combattu.
Il eſt donc en naiſſant des races condamnées,
Par un triſte aſcendant vers le crime entraînées,
Que formèrent des dieux les décrets éternels
Pour être en épouvante aux malheureux mortels !
La maiſon de Tantale eut ce noir caractère.
Il s'étendit ſur moi…. Le trépas de mon père
Fut autrefois le prix de mon fatal amour.
Ce n'eſt qu'à des forfaits que mon ſang doit le jour.
Mes ſouvenirs affreux, mes alarmes timides,
Tout me fait friſſonner au nom des Pélopides.

POLÉMON.

Quelquefois la ſageſſe a maîtriſé le ſort ;
C'eſt le tyran du faible & l'eſclave du fort.
Nous faiſons nos deſtins, quoique vous puiſſiez dire.
L'homme, par ſa raiſon ſur l'homme a quelque empire ;
Le remords parle au cœur, on l'écoute à la fin ;
Ou bien cet univers eſclave du deſtin,
Jouet des paſſions l'un à l'autre contraires
Ne ſerait qu'un amas de crimes néceſſaires.
Parlez en reine, en mère ; & ce double pouvoir
Rapellera Thieſte à la voix du devoir.

HIPPODAMIE.

En vain je l'ai tenté, c'eſt là ce qui m'accable.

POLÉMON.

Plus criminel qu'Atrée il eſt moins intraitable ;
Il connaît ſon erreur.

HIPPODAMIE.

Oui , mais il la chérit.
Je hais son attentat. Sa douleur m'attendrit.
Je le blâme & le plains.

POLEMON.

Mais la cause fatale
Du malheur qui poursuit la race de Tantale,
Ærope , cet objet d'amour & de douleur,
Qui devrait s'arracher aux mains d'un ravisseur,
Qui met la Grece en feu par ses funestes charmes!

HIPPODAMIE.

Je n'ai pu d'elle encor obtenir que des larmes.
Je m'en suis séparée : & fuyant les mortels
J'ai cherché la retraite aux pieds de ces autels.
J'y finirai des jours que mes fils empoisonnent.

POLEMON.

Quand nous n'agissons point, les dieux nous abandonnent
Ranimez un courage éteint par le malheur.
Le peuple me conserve un reste de faveur,
Le senat me consulte , & nos tristes provinces
Ont payé trop long-tems les fautes de leurs princes.
Il est tems que leur sang cesse enfin de couler.
Les pères de l'état vont bientôt s'assembler.
Ma faible voix du moins, jointe à ce sang qui crie ,
Autant que pour mes rois sera pour ma patrie.
Mais je crains qu'en ces lieux plus puissante que nous,
La haine renaissante éveillant leur courroux,
N'opose à nos conseils ses trames homicides.
Les méchans sont hardis; les sages sont timides,
Je les ferai rougir d'abandonner l'état ,
Et pour servir les rois, je revole au sénat.

HIPPODAMIE.

Tu serviras leur mère. Ah! cours , & que ton zèle
Lui rende ses enfans qui sont perdus pour elle.

SCENE II.

HIPPODAMIE, *seule.*

MES fils, mon seul espoir, & mon cruel fléau,
Si vos sanglantes mains m'ont ouvert un tombeau,
Que j'y descende au moins, tranquille & consolée.
Venez fermer les yeux d'une mère accablée.
Qu'elle expire en vos bras sans trouble & sans horreur;
A mes derniers momens mêlez quelque douceur.
Le poison des chagrins trop long-tems me consume,
Vous avez trop aigri leur mortelle amertume.

SCENE III.

HIPPODAMIE, ÆROPE, MEGARE.

ÆROPE, *en entrant, pleurant & embrassant Mégare.*

VA, te dis-je, Mégare, & cache à tous les yeux,
Dans ces antres secrets ce dépôt précieux,

HIPPODAMIE.

Ciel! Ærope, est-ce vous? qui! vous dans ces asyles!

ÆROPE.

Cet objet odieux des discordes civiles,
Celle à qui tant de maux doivent se reprocher,
Sans doute à vos regards aurait dû se cacher.

HIPPODAMIE.

Qui vous ramène hélas! dans ce temple funeste?
Menacé par Atrée & souillé par Thieste!
L'aspect de ce lieu saint doit vous épouvanter.

ÆROPE.

A vos enfans du moins, il se fait respecter.
Laissez-moi ce refuge, il est inviolable.
N'enviez pas, ma mère, un asyle au coupable,

HIPPODAMIE.

Vous ne l'êtes que trop; vos dangereux appas
Ont produit de forfaits que vous n'expierez pas,
Je devrais vous haïr, vous m'êtes toujours chère ;
Je vous plains ; vos malheurs accroissent ma misère,
Parlez ; vous arrivez vers ces dieux en courroux
Du théâtre de sang où l'on combat pour vous.
De quelque ombre de paix avez-vous l'espérance ?

ÆROPE.

Je n'ai que mes terreurs. En vain par sa prudence
Polémon qui se jette entre ces inhumains,
Prétendait arracher les armes de leurs mains.
Ils sont tous deux plus fiers & plus impitoyables ;
Je cherche ainsi que vous des dieux moins implacables;
Souffrez, en m'accusant de toutes vos douleurs
Qu'à vos gémissemens j'ose mêler mes pleurs,
Que n'en puis-je être digne !

HIPPODAMIE.

             Ah ! trop chère ennemie,
Est-ce à vous de vous joindre aux pleurs d'Hippodamie?
A vous qui les causez ! plût au ciel qu'en vos yeux,
Ces pleurs eussent éteint le feu pernicieux,
Dont le poison trop sûr & les funestes charmes,
Ont eu tant de puissance & coûté tant de larmes !
Peut-être que sans vous cessant de se haïr
Deux frères malheureux que le sang doit unir,
N'auraient point rejetté les efforts d'une mère.
Vous m'arrachez deux fils pour avoir trop sû plaire.
Mais voulez-vous me croire & vous joindre à ma voix,
Où vous ai-je parlé pour la dernière fois?

ÆROPE.

Je voudrois que le jour où votre fils Thieste
Outragea sous vos yeux la justice céleste,
Le jour qu'il vous ravit l'objet de ses amours,
Eût été le dernier de mes malheureux jours.
De tous mes sentimens je vous rendrai l'arbitre,
Je vous chéris en mère, & c'est à ce saint titre

Que mon cœur défolé recevra votre loi.
Vous jugerez, ô reine! entre Thiefte & moi.
Après fon attentat, de troubles entourée,
J'ignorai jufqu'ici les fentimens d'Atrée :
Mais plus il eft aigri contre mon ravifleur,
Plus à fes yeux fans doute, Ærope eft en horreur.

HIPPODAMIE.

Je fais qu'avec fureur il pourfuit fa vengeance.

ÆROPE.

Vous avez fur un fils encore quelque puiffance.

HIPPODAMIE.

Sur les degrés du trône elle s'évanouit.
L'enfance nous la donne & l'âge la ravit.
Le cœur de mes deux fils eft fourd à ma prière,
Hélas! c'eft quelquefois un malheur d'être mère.

ÆROPE.

Madame,.. il eft trop vrai... mais dans ce lieu facré
Le fage Polémon tout à l'heure eft entré.
N'a-t-il point confolé vos alarmes cruelles ?
N'aurait-il apporté que de triftes nouvelles ?

HIPPODAMIE.

J'attends beaucoup de lui; mais malgré tous fes foins
Mes tranfports douloureux ne me troublent pas moins.
Je crains également la nuit & la lumière.
Tout s'arme contre moi dans la nature entière.
Et Tantale, & Pélops, & mes deux fils, & vous,
Les enfers déchaînés, & les dieux en courroux;
Tout préfente à mes yeux les fanglantes images
De mes malheurs paffés & des plus noirs préfages :
Le fommeil fuit de moi, la terreur me pourfuit,
Les fantômes affreux, ces enfans de la nuit,
Qui des infortunés affiegent les penfées,
Impriment l'épouvante en mes veines glacées.
D'Oenomaüs mon père on déchire le flanc,
Le glaive eft fur ma tête ; on m'abreuve de fang,
Je vois les noirs détours de la rive infernale,

L'exécrable feftin que prépara Tantale ;
Son fupplice aux enfers, & ces champs défolés
Qui n'offrent à fa faim que des troncs dépouillés ;
Je m'éveille mourante aux cris des Eumenides,
Ce temple a retenti du nom des parricides.
Ah ! fi mes fils favaient tout ce qu'ils m'ont coûté,
Ils maudiraient leur haine & leur férocité ;
Ils tomberaient en pleurs aux pieds d'Hippodamie.

ÆROPE.

Peut-être un fort plus trifte empoifonne ma vie.
Les monftres déchaînés de l'empire des morts,
Sont moins cruels pour moi que l'horreur des remords.
C'en eft fait.... Votre fils, & l'amour m'ont perdue.
J'ai femé la difcorde en ces lieux répandue.
Je fuis, je l'avouerai, criminelle en effet ;
Un Dieu vengeur me fuit... mais vous, qu'avez-vous fait?
Vous êtes innocente & les Dieux vous puniffent ?
Sur vous comme fur moi leurs coups s'appefantiffent.
Hélas ! c'était à vous d'éteindre entre leurs mains
Leurs foudres allumés fur les triftes humains.
C'était à vos vertus de m'obtenir la grace.

SCENE IV.

HIPPODAMIE, ÆROPE, MÉGARE,

MÉGARE.

PRINCESSE.... Les deux rois....

HIPPODAMIE.

Qu'eft-ce donc qui fe paffe ?

ÆROPE.

Quoi !...Thiefte!... ce temple...Ah! qu'eft-ce que j'entends!

MÉGARE.

Les cris de la patrie & ceux des combattans.
La mort fuit en ces lieux les deux malheureux frères.

ÆROPE.

Allons, je l'obtiendrai de leurs mains fanguinaires,
Ma mère, montrons-nous à ces défefpérés,
Ils me facrifieront ; mais vous les calmerez,
Allons, je fuis vos pas.

HIPPODAMIE.

Ah ! vous êtes ma fille ;
Sauvons de fes fureurs une trifte famille,
Ou que mon fang verfé par mes malheureux fils,
Coule avec tout le fang que je leur ai tranfmis.

Fin du premier Acte.

ACTE II.

SCENE PREMIERE.

HIPPODAMIE, ÆROPE, POLEMON.

POLÉMON.

Où courez-vous ?... rentrez... que vos larmes tarissent.
Que de vos cœurs glacés les terreurs se bannissent.
Je me trompe, ou je vois ce grand jour arrivé
Qu'à finir tant de maux le ciel a réservé.
Les forfaits ont leur terme, & votre destin change,
La paix revient.

ÆROPE.

Comment ?

HIPPODAMIE.

Quel dieu, quel sort étrange,
Quel miracle a fléchi le cœur de mes enfans ?

POLÉMON.

L'équité, dont la voix triomphe avec le temps,
Aveugle en son courroux le violent Atrée
Déja de ce saint temple allait forcer l'entrée,
Son courroux sacrilège oubliait ses sermens.
Il en avait l'exemple ; & ses fiers combattans
Prompts à servir ses droits, à venger son outrage,
Vers ces parvis sacrés lui frayaient un passage.

(à Ærope.)

Il venait (je ne puis vous dissimuler rien)
Ravir sa propre épouse & reprendre son bien,
Il le peut ; mais il doit respecter sa parole.

Thieſ.é

Thiefte eft alarmé ; vers lui Thiefte vole ;
On combat, le fang coule ; emportés , furieux
Les deux freres pour vous s'égorgaient à mes yeux,
Je m'avance , & ma main faifit leur main barbare ;
Je me livre à leurs coups : enfin je les fépare.
Le fénat qui me fuit , feconde mes efforts.
En atteftant les loix , nous marchons fur des morts.
Le peuple en contemplant ces juges vénérables ,
Ces images des dieux aux mortels favorables ,
Laiffe tomber le fer à leur augufte afpect.
Il a bientôt paffé des fureurs au refpect.
Il conjure à grands cris la difcorde farouche ;
Et le faint nom de paix vole de bouche en bouche,

HIPPODAMIE.

Tu nous a tous fauvés.

POLEMON.

     Il faut bien qu'une fois
Le peuple en nos climats foit l'exemple des rois.
Lorfqu'enfin la raifon fe fait par-tout entendre ,
Vos fils l'écouteront , vous les verrez fe rendre
Le fang & la nature , & leurs vrais intérêts ,
A leurs cœurs amolis parleront de plus près,
Ils doivent accepter l'équitable partage
Dont leur mère a tantôt reconnu l'avantage.
La concorde aujourd'hui commence à fe montrer ;
Mais elle eft chancellante ; il la faut affurer.
Thiefte en poffédant la fertile Micène ,
Pourra faire à fon gré dans Sparte ou dans Athène ;
Des filles des héros qui leur donnent des loix
Sans remords & fans crime un légitime choix.
La veuve de Pélops heureufe & triomphante,
Voïant de tous côtés fa race floriffante ;
N'aura plus qu'à bénir au comble du bonheur
Le dieu qui de fon fang eft le premier auteur,

HIPPODAMIE.

Je lui rends déja grace , & non moins à vous-même,
Et vous ma fille , & vous que j'ai plainte & que j'aime ,

Uniffez vos tranfports à mes remercîmens;
Aux dieux dont nous fortons, offrez un pur encens.
Qu'Hippodamie enfin, tranquille & raffurée
Remette Ærope heureufe entre les mains d'Atrée,
Qu'il pardonne à fon frère.

ÆROPE.

Ah, dieux!... & croyez-vous
Qu'il fache pardonner?

HIPPODAMIE.

Dans fes tranfports jaloux
Il fait que par Thiefte en tout tems refpectée,
Il n'a point outragé la fille d'Euristhée,
Qu'au milieu de la guerre il prétendit en vain
Au funefte bonheur de lui donner la main.
Qu'enfin par les dieux même à leurs autels conduite
Elle a dans la retraite évité fa pourfuite.

ÆROPE.

Voilà cette retraite où je prétends cacher
Ce qu'un remords affreux me paraît reprocher.
C'eft là qu'aux pieds des dieux on nourrit mon enfance;
C'eft là que je reviens implorer leur clémence.
J'y veux vivre & mourir,

HIPPODAMIE.

Vivez pour un époux,
Cachez vous pour Thiefte; il eft perdu pour vous.

ÆROPE,

Dieux qui me confondez, vous amenez Thiefte!

HIPPODAMIE.

Fuyez-le.

ÆROPE.

Ah! je l'ai dû... mon fort eft trop funefte,

(Elle fort.)

S C E N E I I.

HIPPODAMIE, POLÉMON, THIESTE.

HIPPODAMIE.

MOn fils, qui vous ramène en mes bras maternels ?
Ofez-vous reparaître aux pieds de ces autels ?

THIESTE.

J'y viens... chercher la paix, s'il en eft pour Atrée,
S'il en eft pour mon ame au défefpoir livrée,
J'y viens mettre à vos pieds ce cœur trop combattu,
Embraffer Polémon, refpecter fa vertu,
Expier envers vous ma criminelle offenfe.
Si de la réparer il eft en ma puiffance.

P O L É M O N.

Vous le pouvez, fans doute, en fachant vous dompter,
Lorfqu'à de tels excès fe laiffant empórter,
On fuit des paffions l'empire illégitime,
Quand on donne aux fujets les exemples du crime,
On leur doit, croyez-moi, celui du repentir.
La Grèce enfin s'éclaire, & commence à fortir
De la férocité, qui dans nos premiers âges
Fit des cœurs fans juftice & des héros fauvages.
On n'eft rien fans les mœurs. Hercule eft le premier
Qui marchant quelquefois dans ce noble fentier
Ainfi que les brigands ofa dompter les vices.
Son émule Théfée a fait des injuftices,
Le crime dans Tidée a fouillé la valeur ;
Mais bientôt leur grande ame abjurant leur erreur
N'en afpirait que plus à des vertus nouvelles.
Ils ont réparé tout.... imitez vos modèles....
Souffrez encor un mot : fi vous perféveriez ;
Pouffé par le torrent de vos inimitiés,
Ou plutôt par les feux d'un amour adultère,
A refufer encor Ærope à votre frère,

Craignez que le parti que vous avez gagné,
Ne tourne contre vous son courage indigné.
Vous pourriez, pour tout prix d'une imprudence vaine,
Abandonné d'Argos, être exclus de Micène.

THIESTE.

J'ai senti mes malheurs plus que vous ne pensez.
N'irritez point ma plaie ; elle est cruelle assez.
Madame, croyez-moi, je vois dans quel abîme,
M'a plongé cet amour que vous nommez un crime.
Je ne m'excuse point (devant vous condamné)
Sur l'exemple éclatant que vingt rois m'ont donné,
Sur l'exemple des dieux dont on nous fait descendre,
Votre austère vertu dédaigne de m'entendre.
Je vous dirai pourtant qu'avant l'hymen fatal
Que dans ces lieux sacrés célébra mon rival,
J'aimais, j'idolatrais la fille d'Euristée ;
Que par mes vœux ardents long-tems sollicitées,
Sa mère dans Argos eût voulu nous unir ;
Qu'enfin ce fut à moi qu'on osa la ravir ;
Que si le désespoir fut jamais excusable.…

HIPPODAMIE.

Ne vous aveuglez point, rien n'excuse un coupable.
Oubliez avec moi de malheureux amours,
Qui feraient votre honte & l'horreur de vos jours,
Celle de votre frère, & d'Ærope, & la mienne.
C'est l'honneur de mon sang qu'il faut que je soutienne ;
C'est la paix que je veux : il n'importe à quel prix.
Atrée ainsi que vous est mon sang, & mon fils,
Tous les droits sont pour lui. Je veux dès l'heure même
Remettre en son pouvoir une épouse qu'il aime,
Tenir sans la pencher la balance entre vous,
Réparer vos erreurs, & vaincre son courroux,

SCENE III.

THIESTE, *seul.*

QUE deviens-tu, Thieste! Eh quoi, cette paix même,
Cette paix qui d'Argos est le bonheur suprême,
Va donc mettre le comble aux horreurs de mon sort!
Cette paix pour Ærope est un arrêt de mort.
C'est peu que pour jamais d'Ærope on me sépare ;
La victime est livrée au pouvoir d'un barbare ;
Je me vois dans ces lieux sans armes, sans amis ;
On m'arrache ma femme, on peut frapper mon fils.
Mon rival triomphant s'empare de sa proie.
Tous mes maux sont formés de la publique joie.
Ne pourrai-je aujourd'hui mourir en combattant ?
Micène a des guerriers, mon amour les attend ;
Et pour quelques momens, ce temple est un asyle.

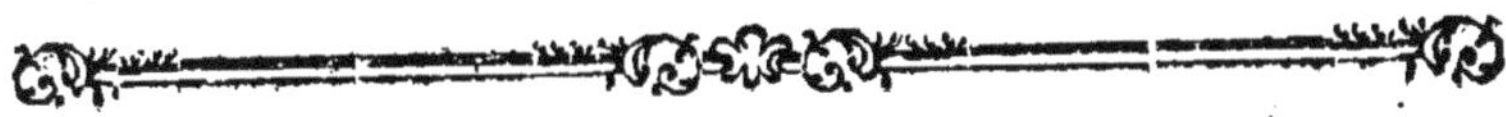

SCENE IV.

THIESTE, MEGARE.

THIESTE.

MEGARE, qu'a-t-on fait ? ce temple est-il tranquille ?
Le descendant des dieux est-il en sûreté :

MEGARE.

Sous cette voute antique un séjour écarté
Au milieu des tombeaux recèle son enfance.

THIESTE.

L'asyle de la mort est la seule assurance !

MEGARE.

Celle qui dans le fond de ces antres affreux,
Veille aux premiers momens de ses jours malheureux,
Tremble qu'un œil jaloux bientôt ne les découvre.
Ærope s'épouvante ; & cette ame qui s'ouvre

A toutes les douleurs qui viennent la chercher,
En accroît la bleſſure en voulant la cacher :
Elle aime, elle maudit le jour qui le vit naître.
Elle craint dans Atrée un implacable maître;
Et je tremble de voir ſes jours enſevelis
Dans le ſein des tombeaux qui renferment ſon fils.

THIESTE.

Epouſe infortunée ! & malheureuſe mère !
Mais nul ne peut forcer ſa priſon volontaire.
De cet aſyle ſaint rien ne peut le tirer.

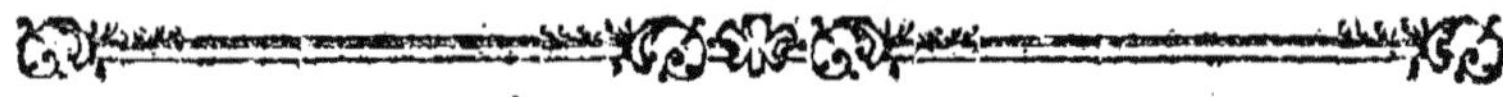

SCENE V.

THIESTE, ÆROPE, MEGARE.

ÆROPE.

SEIGNEUR, aux mains d'Atrée on va donc me livrer !
Votre mère l'ordonne... & je n'ai pour excuſe
Que mon crime ignoré , ma roûgeur qui m'accuſe ;
Un enfant malheureux qui ſera découvert.
Que je réſiſte ou non , c'en eſt fait, tout me perd.
Auteur de tant de maux, pourquoi m'as-tu ſéduite ?

THIESTE.

Oubliez mes forfaits, n'en craignez point la ſuite,
Cette fatale paix ne s'accomplira pas.
Il me reſte pour vous des amis, des ſoldats ,
Mon amour, mon courage : & c'eſt à vous de croire
Que ſi je meurs ici je meurs pour votre gloire.
Nôtre hymen clandeſtin d'une mère ignoré ,
Tout malheureux qu'il eſt, n'en eſt pas moins ſacré.
Je me ſuis trop, ſans doute, accuſé devant elle.
Ce n'eſt pas vous, du moins, qui futes criminelle.
A mon fier ennemi j'enlevai vos appas.
Les dieux n'avaient point mis Ærope entre ſes bras.
J'éteignis les flambeaux de cette horrible fête.
Malgré vous, en un mot, vous fûtes ma conquête.

Je fus le seul coupable, & je ne le suis plus.
Votre cœur alarmé, vos vœux irrésolus,
M'ont assez reproché ma flamme & mon audace.
A mon emportement le ciel même a fait grace.
Ses bontés ont fait voir, en m'accordant un fils,
qu'il approuve l'himen dont nous sommes unis,
Et Micène bientôt, à son prince fidèle,
En pourra célébrer la fête solemnelle,

ÆROPE.

Va, ne réclame point ces nœuds infortunés,
Et ces dieux, & l'hymen.... ils nous ont condamnés,
Osons-nous nous parler ?... tremblante, confondue,
Devant qui désormais puis-je lever la vue?
Dans ce ciel qui voit tout, & qui lit dans les cœurs;
Le rapt & l'adultère ont-ils des protecteurs?
En remportant sur moi ta funeste victoire,
Cruel, t'es-tu flaté de conserver ma gloire?
Tu m'as fait ta complice,... & la fatalité
Qui subjugue mon cœur contre moi révolté,
Me tient si puissamment à ton crime enchaînée;
Qu'il est devenu cher à mon ame étonnée,
Que le sang de ton sang qui s'est formé dans moi;
Ce gage de ton crime est celui de ma foi,
Qu'il rend indissoluble un nœud que je déteste....
Et qu'il n'est plus pour moi d'autre époux que Thieste,

THIESTE.

C'est un nom qu'un tyran ne peut plus m'enlever.
La mort & les enfers pourront seuls m'en priver.
Le sceptre de Micène a pour moi moins de charmes.

SCENE VI.

ÆROPE, THIESTE, POLEMON.

POLEMON.

Seigneur, Atrée arrive; il a quitté ses armes,

Dans ce temple avec vous il vient jurer la paix.

THIESTE.

Grands dieux! vous me forcez de haïr vos bienfaits.

POLEMON.

Vous allez à l'autel confirmer vos promesses.
L'encens s'élève aux cieux des mains de nos prêtresses!
Des oliviers heureux les festons desirés
Ont annoncé la fin de ces jours abhorrés,
Où la discorde en feu désolait notre enceinte.
On a lavé le sang dont la ville fut teinte.
Et le sang des méchans qui voudraient nous troubler
Est ici désormais le seul qui doit couler.
Madame, il n'appartient qu'à la reine elle même
De vous remettre aux mains d'un époux qui vous aime,
Et d'essuyer les pleurs qui coulent de vos yeux.

ÆROPE.

Mon sang devait couler... vous le savez, grands dieux!

THIESTE, à Polémon.

Il me faut rendre Ærope!

POLEMON.

　　　　　Oui Thieste, & sur l'heure.
C'est la loi du traité.

THIESTE.

　　　　　Va, que plutôt je meure,
Qu'aux monstres des enfers mes mânes soient livrés!...

POLEMON.

Quoi! vous avez promis, & vous vous parjurez?

THIESTE.

Qui? moi!.... qu'ai-je promis?

POLEMON.

　　　　　Votre fougue inutile
Veut-elle ralumer la discorde civile?

THIESTE.

La discorde vaut mieux qu'un si fatal accord.
Il redemande Ærope; il l'aura par ma mort.

POLEMON

POLEMON.

Vous écoutiez tantôt la voix de la justice.

THIESTE.

Je voyais de moins près l'horreur de mon supplice;
Je ne le puis souffrir.

POLEMON.

    Ah! c'est trop de fureurs;
C'est trop d'égaremens & de folles erreurs;
Mon amitié pour vous, qui se lasse & s'irrite,
Plaignait votre jeunesse imprudente & séduite;
Je vous tiens lieu de père, & ce père offensé
Ne voit qu'avec horreur un amour insensé.
Je sers Atrée & vous, mais l'état davantage.
Et si l'un de vous deux rompt la foi qui l'engage,
Moi même contre lui je cours me déclarer.
Mais de votre raison je veux mieux espérer.
Et bientôt dans ces lieux l'heureuse Hippodamie
Reverra sa famille, en ses bras réunie.

         (Il sort.)

SCENE VII.

ÆROPE, THIESTE,

ÆROPE.

C'EN est donc fait, Thieste, il faut nous séparer.

THIESTE.

Moi! vous, mon fils !.. quel trouble a pu vous égarer !
Quel est votre dessein ?

ÆROPE.

    C'est dans cette demeure,
C'est dans cette prison qu'il est tems que je meure,
Que je meure oubliée, inconnue aux mortels,
Inconnue à l'amour, à ses tourmens cruels;
A ce trouble éternel qui suit le diadème,
Au redoutable Atrée, & sur-tout à vous même.

           D

THIESTE.

Vous n'accomplirez point ce projet odieux,
Je vous difputerai à mon frere, à nos dieux;
Suivez-moi.

ÆROPE.

Nous marchons d'abîmes en abîmes;
C'eft-là votre partage, amours illégitimes.

Fin du fecond Acte.

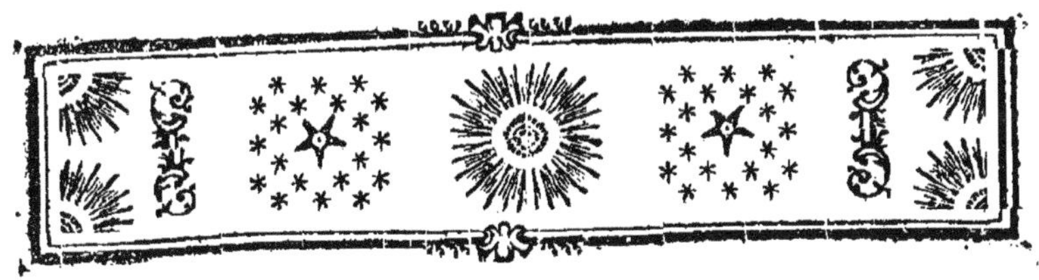

ACTE III.

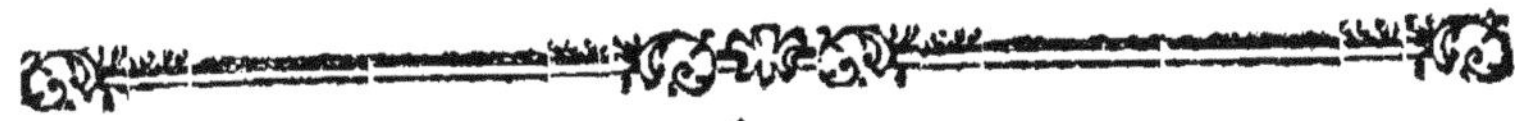

SCENE PREMIERE.

HIPPODAMIE, ATRE'E, POLEMON,
IDAS, *Gardes,* *Peuple,* *Prêtres.*

HIPPODAMIE.

Genereux Polémon, la paix eſt votre ouvrage,
Régnez heureux, Atrée, & goûtez l'avantage
De poſſéder ſans trouble un trône où vos ayeux,
Pour le bien des mortels, ont remplacé les dieux.
Thieſte avant la nuit partira pour Micène.
J'ai vu s'éteindre enfin les flambeaux de la haine,
Dans ma triſte maiſon ſi long-tems allumés;
J'ai vu mes chers enfans paiſibles, déſarmés,
Dans ce parvis du temple étouffant leur querelle,
Commencer dans mes bras leur concorde éternelle.
Vous en ſerez témoins, vous peuples réunis,
Prêtres qui m'écoutez, dieux long-tems ennemis,
Vous en ſerez garants. Ma débile paupière
Peut ſans crainte à la fin s'ouvrir à la lumière.
J'attendrai dans la paix un fortuné trépas.
Mes derniers jours ſont beaux.... je ne l'eſpérais pas.

ATRÉE.

Idas autour du temple étendez vos cohortes,
Vous, gardez ce parvis; vous, veillez à ces portes,
(*à Hippodamie.*)
Qu'une mère pardonne à ces ſoins ombrageux;
A peine encor ſorti de nos tems orageux

D ij

D'Argos enfanglantée, à peine encor le maître,
Je préviens des dangers toujours promts à renaître,
Thiefte a trop pâli tandis qu'il m'embraffait,
Il a promis la paix ; mais il en frémiffait.
D'où vient que devant moi la fille d'Euriftée
Sur vos pas en ces lieux ne s'eft point préfentée ?
Vous deviez l'amener dans ce facré parvis.

HIPPODAMIE,

Nos myftères divins dans la Grèce établis,
La retiennent encor au milieu des prêtreffes,
Qui de la paix des cœurs implorent les déeffes.
Le ciel eft à nos vœux favorable aujourd'hui,
Et vous ferez fans doute appaifé comme lui.

ATRÉE.

Rendez-nous, s'il fe peut, les immortels propices,
Je ne dois point troubler vos fecrets facrifices.

HIPPODAMIE.

Ce froid, & fombre accueil était inattendu.
Je penfais qu'à mes foins vous auriez répondu.
Aux ombres du bonheur imprudemment livrée,
Je vois trop que ma joie était prématurée,
Que j'ai dû peu compter fur le cœur de mon fils.

ATRÉE,

Atrée eft mécontent, mais il vous eft foumis.

HIPPODAMIE.

Ah ! je voulais de vous, après tant de fouffrance,
Un peu moins de refpects & plus de complaifance,
J'attendais de mon fils une jufte pitié.
Je ne vous parle point des droits de l'amitié.
Je fais que la nature en a peu fur votre ame.

ATRÉE,

Thiefte vous eft cher, il vous fuffit, madame.

HIPPODAMIE.

Vous déchirez mon cœur après l'avoir percé,
Il fut par mes enfans affez long-tems bleffé...
Je n'ai pu de vos mœurs adoucir la rudeffe ;

Vous avez en tout tems repouffé ma tendreffe :
Et je n'ai mis au jour que des enfans ingrats.
Allez, mon amitié ne fe rebute pas.
Je conçois vos chagrins & je vous les pardonne.
Je n'en bénis pas moins ce jour qui vous couronne ;
Il n'a pas moins rempli mes défirs empreffés,
Connaiffez votre mère, ingrat, & rougiffez.

S C E N E   I I.

ATRE'E, POLEMON, IDAS, *Peuple.*

ATRÉE (*au Peuple, à Polémon & Idas.*)

QU'o n fe retire.... Et vous, au fond de ma penfée,
Voyez tous les tourmens de mon ame offenfée,
Et ceux dont je me plains, & ceux qu'il faut celer,
Et jugez fi ce trône a pu me confoler.

P O L E M O N.

Quels qu'ils foient, vous favez fi mon zèle eft fincère.
Il peut vous irriter. Mais, feigneur, une mère
Dans ce temple, à l'afpect des mortels & des dieux,
Devait-elle effuyer l'accueil injurieux
Qu'à ma confufion vous venez de lui faire ?
Ah ! le ciel lui donna des fils dans fa colere.
Tous les deux font cruels, & tous deux de leurs mains
La mènent au tombeau par de triftes chemins.
C'était de vous fur-tout qu'elle devait attendre
Et la reconnaiffance & l'amour le plus tendre.

A T R É E.

Que Thiefte en conferve : elle l'a préféré ;
Elle accorde à Thiefte un appui déclaré,
Contre mes intérêts puifqu'on le favorife,
Puifqu'on a couronné fon indigne entreprife,
Que Micène eft le prix de fes emportemens,
Lui feul à fes bontés doit des remerciments.

P O L E M O N.

Vous en devez tous deux ; & la reine, & moi-même,

Nous avons de Pélops suivi l'ordre suprême.
Ne vous souvient-il plus qu'au jour de son trépas
Pélops entre ses fils partagea ses états ?
Et vous en possédez la plus riche contrée,
Par votre droit d'aînesse à vous seul assurée.

ATRÉE.

De mon frère en tout tems vous fûtes le soutien.

POLEMON.

J'ai pris votre intérêt sans négliger le sien.
La loi seule a parlé; seule elle a mon suffrage.

ATRÉE.

On récompense en lui le crime qui m'outrage.

POLEMON.

On condamne son crime, il le doit expier.
Et vous, s'il se repend, vous devez l'oublier.
Vous n'êtes point placé sur un trône d'Asie,
Ce siége de l'orgueil & de la jalousie,
Appuié sur la crainte & sur la cruauté,
Et du sang le plus proche en tout tems cimenté.
Vers l'Euphrate un despote, ignorant la justice,
Foulant son peuple aux pieds, suit en paix son caprice.
Ici nous commençons à mieux sentir nos droits.
L'Asie a ses tyrans, mais la Grèce a des rois.
Craignez qu'en s'éclairant Argos ne vous haïsse....
Petit-fils de Tantale, écoutez la justice.

ATRÉE.

Polémon, c'est assez, je conçois vos raisons;
Je n'avois pas besoin de ces nobles leçons;
Vous n'avez point perdu le grand talent d'instruire.
Vos soins dans ma jeunesse ont daigné me conduire;
Je dois m'en souvenir, mais il est d'autres tems.
Le ciel ouvre à mes pas des sentiers différens.
Je vous ai dû beaucoup, je le sais; mais peut-être
Oubliez-vous trop tôt que je suis votre maître.

POLEMON.

Puisse ce titre heureux long-tems vous demeurer ;
Et puissent dans Argos vos vertus l'honorer.

SCENE III.
ATRÉE, IDAS.

ATRÉE.

C'EST à toi seul, Idas, que ma douleur confie
Les soupçons malheureux qui l'ont encor aigrie ;
Le poison qui nourrit ma haine & mon courroux,
La foule des tourmens que je leur cache à tous.
Mon cœur peut se tromper ; mais dans Hippodamie
Je crains de rencontrer ma secrète ennemie.
Polémon n'est qu'un traître, & son ambition
Peut-être de Thieste, armait la faction.

IDAS.

Tel est souvent des cours le manège perfide ;
La vérité les fuit, l'imposture y réside,
Tout est parti, cabale, injure ou trahison ,
Vous voyez la discorde y verser son poison.
Mais que craindriez-vous d'un parti sans puissance ?
Tout n'est-il pas soumis à votre obéissance ?
Ce peuple sous vos loix ne s'est-il pas rangé ?
Vous êtes maître ici.

ATRÉE.

       Je n'y suis pas vengé.
J'y suis en proye, Idas, à d'étranges supplices ;
Mes mains avec effroi rouvrent mes cicatrices ;
J'en parle avec horreur ; & je ne puis juger
Dans quel indigne sang il faudra les plonger....
Je veux croire, & je crois qu'Ærope avec mon frère
N'a point osé former un hymen adultère....
Moi-même je la vis contre un rapt odieux
Implorer ma vengeance & les foudres des dieux,
Mais il est trop affreux qu'au jour de l'hyménée,
Ma femme un seul moment ait été soupçonnée.
Apprends des sentimens plus douloureux cent fois,
Je ne sais si l'objet indigne de mon choix,

Sur mes sens révoltés que la fureur déchire,
N'aurait point en secret conservé quelque empire,
J'ignore si mon cœur, facile à l'excuser,
Des feux qu'il étouffa peut encor s'embraser ;
Si dans ce cœur farouche, en proye aux barbaries,
L'amour habite encor au milieu des furies.

IDAS.

Vous pouvez sans rougir la revoir & l'aimer,
Contre vos sentimens pourquoi vous animer ?
L'absolu souverain d'Ærope & de l'empire,
Doit s'écouter lui seul, & peut ce qu'il désire.
De votre mère encor j'ignore les projets,
Mais elle est comme un autre au rang de vos sujets.
Votre gloire est la sienne ; & de trouble lassée
A vous rendre une épouse, elle est intéressée.
Son ame est noble & juste ; & jusqu'à ce jour
Nulle mère à son sang n'a marqué tant d'amour.

ATRÉE.

Non, ma fatale épouse, entre mes bras ravie
De sa place en mon cœur sera du moins bannie.

IDAS.

A vos pieds dans ce temple elle doit se jetter,
Hippodamie enfin doit vous la présenter.

ATRÉE.

Pour Ærope, il est vrai, j'aurais pû sans faiblesse
Garder le souvenir d'un reste de tendresse....
Mais pour éteindre enfin tant de ressentimens,
Cette mère qui m'aime a tardé bien long-tems.
Ærope n'a point part au crime de mon frère ;
Ærope eût pu calmer les flots de ma colère,
Je l'aimai, j'en rougis.... J'attendis dans Argos
De ce funeste hymen ma gloire & mon repos.
De toutes les beautés Ærope est l'assemblage,
Les vertus de son sexe étaient sur son visage,
Et quand je la voyais, je les crus dans son cœur.
Tu m'as vu détester & chérir mon erreur ;

Et

Et tu me vois encor flotter dans cet orage,
Incertain de mes vœux, incertain dans ma rage;
Nourissant en secret un affreux souvenir;
Et redoutant sur-tout d'avoir à la punir.

SCÈNE IV.

HIPPODAMIE, ATRE'E, IDAS.

HIPPODAMIE.

VOus revoyez, mon fils, une mère affligée,
Qui, toujours trop sensible & toujours outragée,
Revient vous dire enfin du pied des saints autels,
Au nom d'Ærope, au sien, des adieux éternels.
La malheureuse Ærope a désuni deux frères;
Elle alluma les feux de ces funestes guerres;
Source de tous les maux, elle fuit tous les yeux.
Ses jours infortunés sont consacrés aux dieux.
Sa douleur nous trompait: ses secrets sacrifices
De celui qu'elle fait, n'étaient que les prémices.
Libre au fond de ce temple, & loin de ses amans,
Sa bouche a prononcé ses éternels sermens.
Elle ne dépendra que du pouvoir céleste.
Des murs du sanctuaire elle écarte Thieste;
Son criminel aspect eût souillé ce séjour.
Qu'il parte pour Micène avant la fin du jour.
Vivez, régnez heureux.... Ma carrière est remplie,
Dans ce tombeau sacré je reste ensevelie.
Je devais cet exemple au lieu de l'imiter....,
Tout ce que je demande avant de vous quitter,
C'est de vous voir signer cette paix nécessaire,
D'une main qu'à mes yeux conduise un cœur sincère.
Vous n'avez point encor accompli ce devoir.
Nous allons pour jamais renoncer à nous voir.
Séparons-nous tous trois, sans que d'un seul murmure
Nous fassions un moment soupirer la nature.

E

ATRÉE.

A cet affront nouveau je ne m'attendais pas.
Ma femme ose en ces lieux s'arracher à mes bras !
Vos autels, je l'avoue, ont de grands privilèges !
Thieste les souilla de ses mains sacrilèges....
Mais, de quel droit Ærope ose-t-elle y porter
Ce téméraire vœu qu'ils doivent rejetter ?
Par des vœux plus sacrés elle me fut unie.
Voulez-vous que deux fois elle me soit ravie ?
Tantôt par un perfide, & tantôt par les dieux ?
Ces vœux si mal conçus, ces sermens odieux,
Au roi comme à l'époux font un trop grand outrage.
Vous pouvez accomplir le vœu qui vous engage.
Ces lieux faits pour votre âge, au repos consacrés,
Habités par ma mère en seront honorés.
Mais Ærope est coupable en suivant votre exemple :
Ærope m'appartient, & non pas à ce temple.
Ces dieux, ces mêmes dieux qui m'ont donné sa foi,
Lui commandent sur-tout de n'obéir qu'à moi.
Est-ce donc Polémon, ou mon frere, ou vous-même,
Qui pensez la souſtraire à mon pouvoir suprême ?
Vous êtes-vous tous trois en secret accordés,
Pour détruire une paix que vous me demandez ?
Qu'on rende mon épouse au maître qu'elle offense ;
Et si l'on me trahit, qu'on craigne ma vengeance.

HIPPODAMIE.

Vous interprêtez mal une juste pitié
Que donnait à ses maux ma stérile amitié.
Votre mère pour vous du fond de ces retraites,
Forma toujours des vœux, tout cruel que vous êtes,
Entre Thieste & vous, Ærope sans secours,
N'avait plus que le ciel.... il étoit son recours.
Mais puisque vous daignez la recevoir encore,
Puisque vous lui rendez cette main qui l'honore,
Et qu'enfin son époux daigne lui rapporter
Un cœur dont ses appas n'osèrent se flatter,
Elle doit en effet chérir votre clémence.

Je puis me plaindre à vous; mais son bonheur commence.
Cette augufte retraite, afyle des douleurs,
Où votre trifte époufe aurait caché fes pleurs,
Convenable à moi feule, à mon fort, à mon âge,
Doit s'ouvrir pour la rendre à l'hymen qui l'engage.
Vous l'aimez, c'eft affez. Sur moi, fur Polémon,
Vous conceviez, mon fils, un injufte foupçon.
Quels amis trouvera ce cœur dur & fevère,
Si vous vous défiez de l'amour d'une mère!

ATRÉE.

Vous rendez quelque calme à mes efprits troublés.
Vous m'ôtez un fardeau dont mes fens accablés
N'auraient point foutenu le poids infupportable.
Oui, j'aime encor Ærope, elle n'eft point coupable.
Oubliez mon courroux; c'eft à vous que je dois
Le jour plus épuré qui va luire pour moi.
Puifqu'Ærope en ce temple à fon devoir fidèle
A fui d'un ravilfeur l'audace criminelle,
Je veux lui pardonner. Mais qu'en ce même jour
De fon fatal afpect il purge ce féjour.
Je vais preffer la fête, & je la crois heureufe.
Si l'on m'avait trompé.... Je la rendrais affreufe.

HIPPODAMIE, à Idas.

Idas, il vous confulte, allez & confirmez
Ces juftes fentimens dans fes efprits calmés.

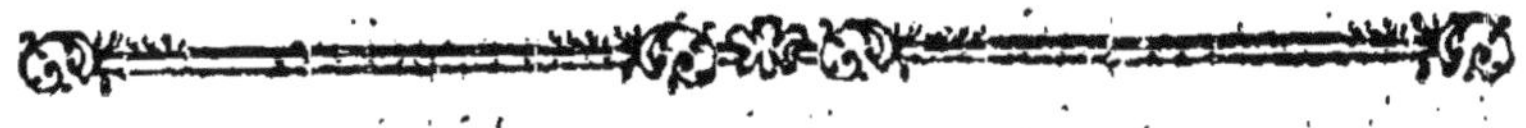

SCENE V.

HIPPODAMIE, feule.

Disparaissez enfin redoutables préfages,
Preffentimens d'horreur, effrayantes images,
Qui pourfuiviez par-tout mon efprit incertain,
La race de Tantale a vaincu fon deftin.
Elle en a détourné la terrible influence.

SCENE VI.

HIPPODAMIE, ÆROPE,

ENFIN, votre bonheur paſſe votre eſpérance.
Ne penſez plus, ma fille, aux funèbres apprêts,
Qui dans ce ſombre aſyle enterraient vos attraits;
Laiſſez-là ces bandeaux, ces voiles de triſteſſe,
Dont j'ai vu friſſonner votre faible jeuneſſe,
Il n'eſt ici de rang ni de place pour vous
Que le trône d'un maître & le lit d'un époux.
Dans tous vos droits, ma fille, heureuſement rentrée,
Argos chérit dans vous la compagne d'Atrée,
Ne montrez à ſes yeux que des yeux ſatisfaits,
D'un pas plus aſſuré, marchez vers le palais.
Sur' un front plus ſerein poſez le diadême,
Atrée eſt rigoureux, violent; mais il aime,
Ma fille, il faut régner.

ÆROPE.

Je ſuis perdue!... ah, dieux!

HIPPODAMIE.

Qu'entends-je? Et quel nuage a couvert vos beaux yeux!
N'éprouverai-je ici qu'un éternel paſſage
De l'eſpoir à la crainte, & du calme à l'orage!

ÆROPE.

Ma mère!... j'oſe encor ainſi vous appeller.
Et de trône, & d'hymen ceſſez de me parler,
Ils ne ſont point pour moi.... Je vous en ferai juge;
Vous m'arrachez, madame, à l'unique réfuge
Où je dus fuir Atrée, & Thieſte, & mon cœur.
Vous me rendez au jour; le jour m'eſt en horreur.
Un dieu cruel, un dieu me ſuit & nous raſſemble,
Vous, vos enfans & moi, pour nous frapper enſemble,
Ne me conſolez plus; craignez de partager
Le ſort qui me menace, en voulant le changer....
C'en eſt fait.

HIPPODAMIE.

Je me perds dans votre deſtinée.
Mais on ne verra point Ærope abandonnée
D'une mère en tout tems prête à vous conſoler,

ÆROPE.

Ah ! qui protégez-vous ?

HIPPODAMIE.

Où voulez-vous aller ?]
Je vous ſuis,

ÆROPE.

Que de ſoins pour une criminelle ?

HIPPODAMIE.

Le fut - elle en effet , je ferai tout pour elle,

Fin du troiſième Acte.

ACTE IV.

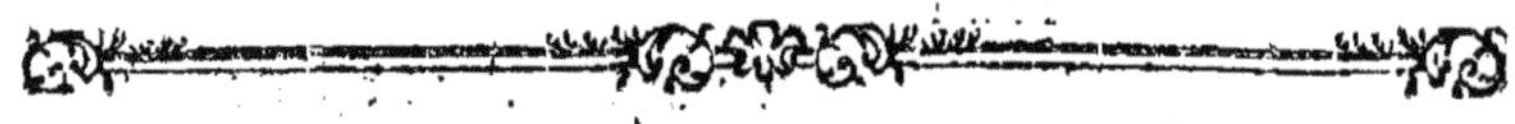

ÆROPE.

DANS ces afyles faints j'étais enfevelie,
J'y cachais mes tourmens! j'y terminais ma vie;
C'eft toi qui m'as rendue à ce jour que je hais,
Thiefte, en tous les temps tu m'as ravi la paix.

THIESTE.

Ce funefte deffein nous faifait trop d'outrage.

ÆROPE.

Ma faute & ton amour nous en font davantage.

THIESTE.

Quoi ! verrai-je en tout tems vos remords douloureux
Empoifonner des jours que vous rendiez heureux !

ÆROPE.

Nous heureux ! nous cruels! ah dans mon fort funefte
Le bonheur eft-il fait pour Ærope & Thiefte?

THIESTE.

Vivez pour votre fils.

ÆROPE.

       Raviffeur de ma foi,
Tu vois trop que je vis pour mon fils & pour toi.
Thiefte, il t'a donné des droits inviolables,
Et les nœuds les plus faints ont uni deux coupables,
Je t'ai fui, je l'ai dû; je ne puis te quitter;

Sans horreur avec toi je ne saurais rester,
Je ne puis soutenir la présence d'Atrée.

THIESTE.

La fatale entrevue est encor différée,

ÆROPE.

Sous des prétextes vains, la reine avec bonté
Ecarte encor de moi ce moment redouté.[1]
Mais la paix dans vos cœurs est-elle résolue ?

THIESTE.

Cette paix est promise, elle n'est point conclue.
Mais j'aurais dans Argos encor des défenseurs.
Et Micène déja m'a promis des vengeurs.

ÆROPE.

Me préservent les cieux d'une nouvelle guerre !
Le sang pour nos amours a trop rougi la terre.

THIESTE.

Ce n'est que par le sang qu'en cette extrémité
Je puis soustraire Ærope à son autorité.
Il faut tout dire enfin ; c'est parmi le carnage
Que dans une heure au moins je vous ouvre un passage.

ÆROPE.

Tu redoubles mes maux, ma honte, mon effroi,
Et l'eternelle horreur que je ressens pour moi.
Thieste garde-toi d'oser rien entreprendre
Avant qu'il ait daigné me parler & m'entendre.

THIESTE.

Lui vous parler !... Mais vous, dans ce mortel ennui,
Qu'avez-vous résolu ?

ÆROPE.

De n'être point à lui....
Va, cruel, à t'aimer le ciel m'a condamnée.

THIESTE.

Je vois donc luire enfin ma plus belle journée.
Ce mot à tous mes vœux en tout tems refusé,
Pour la première fois vous l'avez prononcé,
Et l'on ose exiger que Thieste vous cède!

Vaincu je fais mourir, vainqueur je vous poſſéde.
Je n'ai point d'autre choix ; on m'attend, & je cours
Préparer ma victoire ou terminer mes jours.

SCENE II.

ÆROPE, MEGARE

MEGARE.

AH, Madame! le ſang va-t-il couler encore?

ÆROPE.

J'attends mon ſort ici, Mégare, & je l'ignore.

MÉGARE.

Quel appareil terrible & quelle triſte paix!
On borde de ſoldats le temple & le palais:
J'ai vu le fier Atrée: il ſemble qu'il médite
Quelque profond deſſein qui le trouble & l'agite.

ÆROPE.

Je dois m'attendre à tout ſans me plaindre de lui.
Mégare, contre moi tout conſpire aujourd'hui.
Ce temple eſt un aſyle & je m'y refugie,
J'attendris ſur mes maux le cœur d'Hippodamie,
J'y trouve une pitié que les cœurs vertueux
Ont pour les criminels quand ils ſont malheureux,
Que tant d'autres hélas! n'auraient point éprouvée,
Aux autels de nos dieux je me crois réſervée.
Thieſte m'y pourſuit quand je veux m'y cacher;
Un époux menaçant vient encor m'y chercher;
Soit qu'un reſte d'amour vers moi le détermine,
Soit que de ſon rival méditant la ruine,
Il exerce avec lui l'art de diſſimuler.
A ſon trône, à ſon lit il oſe m'appeller.
Dans quel état grands dieux! quand le ſort qui m'opprime
Peut remettre en ſes mains le gage de mon crime,
Quand il peut tous les deux nous punir ſans retour,
Moi d'être une infidèle, & mon fils d'être au jour!
MÉGARE

MEGARE.

Puifqu'il veut vous parler, croyez que fa colère
S'appaife enfin pour vous & n'en veut qu'à fon frère.
Vous êtes fa conquête.... il a fû l'obtenir.

ÆROPE.

C'en eft fait, fous fes loix je ne puis revenir.
La gloire de tous trois doit encore m'être chère,
Je ne lui rendrai point une époufe adultère,
Je ne trahirai point deux frères à la fois.
Je me donnais aux dieux, c'était mon dernier choix ;
Ces dieux n'ont point reçu l'offrande partagée
D'une ame faible & tendre en fes erreurs plongée.
Je n'ai plus de refuge, il faut fubir mon fort,
Je fuis entre la honte & le coup de la mort ;
Mon cœur eft à Thiefte ; & cet enfant lui même,
Cet enfant qui va perdre une mère qui l'aime,
Eft le fatal lien qui m'unit malgré moi
Au criminel amant qui m'a ravi ma foi.
Mon deftin me pourfuit, il me ramène encore
Entre deux ennemis dont l'un me déshonore ;
Dont l'autre eft mon tyran, mais un tyran facré.

SCENE III.

ÆROPE, POLÉMON, MEGARE.

POLÉMON.

PRINCESSE, en ce parvis votre époux eft entré ;
Il s'appaife, il s'occupe avec Hippodamie
De cette heureufe paix qui vous réconcilie.
Elle m'envoie à vous. Nous connaiffons tous deux
Les tranfports violents de fon cœur foupçonneux.
Quoiqu'il termine enfin ce traité falutaire,
Il voit avec horreur un rival dans fon frère.
Perfuadez Thiefte ; engagez-le à l'inftant
A chercher dans Micène un trône qui l'attend ;
A ne point différer par fa trifte préfence

Votre réunion que ce traité commence.
Vous me voyez chargé des intérêts d'Argos,
De la gloire d'Atrée & de votre repos.
Tandis qu'Hippodamie avec persévérance
Adoucit de son fils la sombre violence,
Que Thieste abandonne un séjour dangereux;
Il deviendrait bientôt fatal à tous les deux.
Vous devez sur ce prince avoir quelque puissance;
Le salut de vos jours dépend de son absence.

ÆROPE.

L'intérêt de ma vie est peu cher à mes yeux.
Peut-être il en est un plus grand, plus précieux....
Allez, digne soutien de nos tristes contrées,
Que ma seule infortune au meurtre avait livrées.
Je voudrais seconder vos augustes desseins;
J'admire vos vertus; je cède à mes destins.
Puissai-je mériter la pitié courageuse
Que garde encor pour moi cette ame genereuse!
La reine a jusqu'ici consolé mon malheur....
Elle n'en connaît pas l'horrible profondeur.

POLEMON.

Je retourne auprès d'elle; & pour grace dernière,
Je vous conjure encor d'écouter sa prière.

SCENE IV.

ÆROPE, MEGARE.

MÉGARE.

Vous le voyez, Atrée est terrible & jaloux;
Ne vous exposez point à son juste courroux.

ÆROPE.

Que prétends-tu de moi? Tu connais son injure,
Je ne puis à ma faute ajouter le parjure.
Tout le courroux d'Atrée, armé de son pouvoir,
L'amour même, en un mot (s'il pouvait en avoir)

N'obtiendront point de moi que je trompe mon maître.
Le sort en est jetté.

MÉGARE.

Princesse, il va paraître.
Vous n'avez qu'un moment.

ÆROPE.

Ce mot me fait trembler.

MÉGARE.

L'abîme est sous vos pas.

ÆROPE.

N'importe, il faut parler.

MÉGARE.

Le voici.

SCENE V.

ÆROPE, MÉGARE, ATRÉE, GARDES.

ATRÉE (*après avoir fait signe à ses Gardes,
& à* MEGARE *de se retirer.*)

JE la vois interdite, éperdue,
D'un époux qu'elle craint, elle éloigne sa vue.

ÆROPE.

La lumière à mes yeux semble se dérober....
Seigneur, votre victime à vos pieds vient tomber.
Levez le fer; frappez. Une plainte offensante
Ne s'échappera point de ma bouche expirante.
Je sais trop que sur moi vous avez tous les droits,
Ceux d'un époux, d'un maître, & des plus saintes loix.
Je les ai tous trahis. Et quoique votre frère
Opprimât de ses feux l'esclave involontaire,
Quoique la violence ait ordonné mon sort,
L'objet de tant d'affronts a mérité la mort.
Eteignez sous vos pieds ce flambeau de la haine,

Dont la flamme embrasait l'Argolide & Micène.
Et puissent, sous ma cendre, après tant de fureurs,
Deux frères réunis oublier leurs malheurs !

ATRÉE.

Levez-vous: je rougis de vous revoir encore ;
Je frémis de parler à qui me déshonore.
Entre mon frère & moi, vous n'avez point d'époux ;
Qu'attendez-vous d'Atrée, & que méritez-vous ?

ÆROPE.

Je ne veux rien pour moi.

ATRÉE.

　　　　　　Si ma juste vengeance
De Thieste & de vous eût égalé l'offense ,
Les pervers auraient vu comme je sais punir ,
J'aurais épouvanté les siècles à venir.
Mais quelque sentiment, quelque soin qui me presse,
Vous pourriez désarmer cette main vengeresse ;
Vous pourriez des replis de mon cœur ulcéré
Ecarter les serpens dont il est dévoré.
Dans ce cœur malheureux obtenir votre grace ,
Y retrouver encor votre première place,
Et me venger d'un frère en revenant à moi.
Pouvez-vous, osez-vous me rendre votre foi ?
Voici le temple même où vous fûtes ravie ,
L'autel qui fut souillé de tant de perfidie ,
Où le flambeau d'hymen fut par vous allumé ,
Où nos mains se joignaient…. où je crus être aimé ;
Du moins vous étiez prête à former les promesses
Qui nous garantissaient les plus saintes tendresses.
Jurez-y maintenant d'expier ses forfaits ,
Et de haïr Thieste autant que je le hais.
Si vous me refusez , vous êtes sa complice ;
A tous deux, en un mot, venez rendre justice,
Je pardonne à ce prix ; répondez-moi,

ÆROPE,

　　　　　　　　　Seigneur ,
C'est vous qui me forcez à vous ouvrir mon cœur.

La mort que j'attendais était bien moins cruelle
Que le fatal secret qu'il faut que je révèle.
Je n'examine point si les dieux offensés
Scélèrent mes fermens à peine commencés.
J'étais à vous, sans doute, & mon père Euristée
M'entraina vers l'autel où je fus présentée.
Sans feinte & sans dessein soumise à son pouvoir,
Je me livrais entière aux loix de mon devoir.
Votre frère enivré de sa fureur jalouse,
A vous, à ma famille arracha votre épouse.
Et bientôt Euristée en terminant ses jours,
Aux mains qui me gardaient me laissa sans secours,
Je restai sans parens. Je vis que votre gloire
De votre souvenir bannissait ma mémoire ;
Que disputant un trône, & prompt à vous armer,
Vous haïssiez un frère, & ne pouviez m'aimer....

A T R É E.

Je ne le devais pas.... je vous aimai peut-être.
Mais....Achevez Ærope, abjurez-vous un traître ?
Aux pieds des immortels remise entre mes bras,
M'apportez-vous un cœur qu'il ne mérite pas ?

Æ R O P E.

Je ne saurais tromper, je ne dois plus me taire.
Mon destin pour jamais me livre à votre frère,
Thieste est mon époux.

A T R É E.

Lui !

Æ R O P E.

Les dieux ennemis
Eternisent ma faute en me donnant un fils.
Vous allez vous venger de cette criminelle :
Mais que le châtiment ne tombe que sur elle.
Que ce fils innocent ne soit point condamné.
Conçû dans les forfaits, malheureux d'être né,
La mort entoure encor son enfance première ;
Il n'a vu que le crime en ouvrant la paupière.

Mais il eſt après tout le ſang de vos ayeux;
Il eſt ainſi que vous de la race des dieux :
Seigneur, avec ſon père on vous reconcilie ;
De mon fils au berceau n'attaquez point la vie.
Il ſuffit de la mère à votre inimitié.
J'ai demandé la mort, & non votre pitié.

ATRÉE.

Raſſurez-vous..., le doute était mon ſeul ſupplice...
Je crains peu qu'on m'éclaire.... & je me rends juſtice....
Mon frère en tout l'emporte... il m'enlève aujourd'hui
Et la moitié d'un trône & vous même avec lui....
De Micène & d'Ærope il eſt enfin le maître.
Dans ſa poſtérité je le verrai renaître....
Il faut bien me ſoumettre à la fatalité
Qui confirme ma perte & ſa félicité.
Je ne puis m'oppoſer au nœud qui vous enchaîne.
Je ne puis lui ravir Ærope ni Micène.
Aux ordres du deſtin je ſais me conformer.
Mon cœur n'était pas fait pour la honte d'aimer.
Ne vous figurez pas qu'une vaine tendreſſe,
Deux fois pour une femme enſanglante la Grèce;
Je reconnais ſon fils pour ſon ſeul héritier.
Satisfait de vous perdre & de vous oublier ;
Je veux à mon rival vous rendre ici moi-même....
Vous tremblez.

ÆROPE.

Ah ! ſeigneur, ce changement extrême,
Ce paſſage inouï du courroux aux bontés,
Ont ſaiſi mes eſprits que vous épouvantez.

ATRÉE.

Ne vous allarmez point; le ciel parle, & je cède.
Que pourrai-je oppoſer à des maux ſans remède ?
Après tout, c'eſt mon frère .. & ſon front couronné,
A la fille des rois peut être deſtiné....
Vous auriez dû plutôt m'apprendre ſa victoire,
Et de vous pardonner me préparer la gloire....
Cet enfant de Thieſte eſt ſans doute en ces lieux ?

ÆROPE.

Mon fils.... eſt loin de moi... ſous la garde des dieux,

ATRÉE.

Quelque lieu qui l'enferme, il ſera ſous la mienne,

ÆROPE.

Sa mère doit, ſeigneur, le conduire à Micène,

ATRÉE.

A ſes parens, à vous, les chemins ſont ouverts;
Je ne regrette rien de tout ce que je perds;
La paix avec mon frère en eſt plus aſſurée.
Allez.....

ÆROPE, *en partant.*

Dieux! s'il eſt vrai.... mais dois-je croire Atrée?

SCENE VI.

ATRÉE, *ſeul.*

ENFIN, de leurs complots j'ai connu la noirceur.
La perfide, elle aimait ſon lâche raviſſeur.
Elle me fuit, m'abhorre, elle eſt toute à Thieſte;
Du ſaint nom de l'hymen ils ont voilé l'inceſte;
Ils jouiſſent en paix du fils qui leur eſt né;
Le vil enfant du crime au trône eſt deſtiné.
Tu ne goûteras pas, race impure & coupable,
Le fruit des attentats dont l'opprobre m'accable.
Par quel enchantement, par quel preſtige affreux,
Tous les cœurs contre moi ſe déclaraient pour eux!
Polémon reprouvoit l'excès de ma colère;
Une pitié crédule avait ſéduit ma mère;
On flattait leurs amours, on plaignait leurs douleurs;
On était attendri de leurs perfides pleurs;
Tout Argos favorable à leurs lâches tendreſſes,
Pardonne à des forfaits qu'il appelle faibleſſes.
Et je ſuis la victime & la fable à la fois,
D'un peuple qui mépriſe, & les mœurs & les loix.

Je vous ferai frémir Grèce légère & vaine,
Déteſtable Thieſte, inſolente Micène.
Soleil qui vois ce crime & toute ma fureur,
Tu ne verras bientôt ces lieux qu'avec horreur.
Ceſſez, filles du Stix, ceſſez troupe infernale,
D'épouvanter les yeux de mon aycul Tantale.
Sur Thieſte & ſur moi venez vous acharner.
Paraiſſez, dieux vengeurs, je vais vous étonner.

SCENE VII.

ATRÉE, POLÉMON, IDAS.

ATRÉE.

IDAS, exécutez ce que je vais preſcrire.
Polémon, c'en eſt fait, tout ce que je puis dire,
C'eſt que j'aurai l'orgueil de ne plus diſputer,
Un cœur dont la conquête a dû peu me flater.
La paix eſt préférable à l'amour d'une femme,
Ainſi qu'à mes états je la rends à mon ame.
Vous pouvez à mon frère annoncer mes bienfaits...

POLEMON.

Puiſſe un pareil deſſein, que je conçois à peine,
N'être point en effet inſpiré par la haine !

ATRÉE, en ſortant.

Craignez-vous pour mon frère ?

POLEMON.

                    Oui, je crains pour tous deux.
Seconde-moi, nature, éveille-toi dans eux !
Que de ton feu ſacré quelque faible étincelle,
Rallume de ta cendre une flamme nouvelle.
Du bonheur de l'état ſois l'auguſte lien ;
Nature, tu peux tout, les conſeils ne font rien.

Fin du quatrième Acte.

ACTE V.

ACTE V.

THIESTE, à Æropé.

JE ne puis vous blâmer de cet aveu sincère,
Injurieux, terrible, & pourtant néceſſaire.
Il a réduit Atrée à ne plus réclamer
Un hymen que le ciel ne ſaurait confirmer.

ÆROPE.

Ah! j'aurais dû plutôt expirer & me taire.

THIESTE.

Quoi! je vous vois ſans ceſſe à vous-même contraire?

ÆROPE.

Je frémis d'avoir dit la dure vérité.

THIESTE.

Il doit ſentir au moins quelle fatalité,
Diſpoſe en tous les tems du ſang des Pélopides.
Il voit qu'après un an de troubles, d'homicides
Après tant d'attentats, triſte fruit des amours,
Un éternel oubli doit terminer leurs cours.
Nous ne pouvons enfin retourner en arrière,
Il ne peut renverſer l'éternelle barrière
Que notre hymen éléve entre nous deux & lui.
Mes deſtins ont vaincu, je triomphe aujourd'hui.

ÆROPE.

Quel triomphe. Étes-vous hors de ſa dépendance ?

G

Votre frère avec vous eſt-il d'intelligence ?
Atrée, en me parlant, s'eſt-il bien expliqué ?
Dans ſes regards affreux n'ai-je pas remarqué
L'égarement du trouble & de l'inquiétude ?
Polémon de ſon ame a long-tems fait l'étude ;
Il ſemble être peu ſûr de ſa ſincérité.

THIESTE.

N'importe il faut qu'il cède à la néceſſité.
C'était le ſeul moyen (du moins j'oſe le croire)
Qui de nous trois enfin pût réparer la gloire.

ÆROPE.

Il eſt maître en ces lieux, nous ſommes dans ſes mains.

THIESTE.

Les dieux nos protecteurs y ſont ſeuls ſouverains.

ÆROPE.

Eh ! qui nous répondra que ces dieux nous protègent ?
Peut-être en ce moment les périls nous aſſiègent.

THIESTE.

Quels périls ? entre nous le peuple eſt partagé,
Et même autour du temple il eſt déjà rangé.
Mes amis raſſemblés, arrivent de Micène,
Ils viennent adorer & défendre leur reine ;
Mais il n'eſt pas beſoin de ce nouveau ſecours ;
Le ciel avec la paix veille ici ſur vos jours ;
La reine, Polémon, dans ce temple tranquille,
Impoſent le reſpect qu'on doit à cet aſyle.

ÆROPE.

Vous même en m'enlevant, l'avez-vous reſpecté ?

THIESTE.

Ah ! ne corrompez point tant de félicité.
Pour la première fois la douceur en eſt pure.

SCENE II.

HIPPODAMIE, ÆROPE, THIESTE, POLÉMON, MÉGARE.

HIPPODAMIE.

ENfin donc déformais tout cède à la nature.
Banniffez, Polémon, ces foupçons recherchés,
A vos confeils prudents quelquefois reprochés,
Vous venez avec moi d'entendre les promeffes,
Dont mon fils ranimait ma joie & mes tendreffes.
Pourquoi tromperait-il par tant de fauffété
L'efpoir qu'il fait renaître au fein qui l'a porté?
Il cède à vos confeils, il pardonne à fon frère ;
Il approuve un hymen devenu néceffaire ;
Il y confent du moins : la première des loix,
L'intérêt de l'état lui parle à haute voix.
Il n'écoute plus qu'elle ; & s'il voit avec peine
Dans ce fatal enfant l'héritier de Micène,
Confolé par le trône où les dieux l'ont placé ,
A la publique paix lui-même intéreffé ,
Lié par fes fermens , oubliant fon injure ,
Docile à vos leçons , mon fils n'eft point parjure.

POLÉMON.

Reine, je ne veux point, dans mes foins défiants,
Jetter fur fes deffeins des yeux trop prévoyants.
Mon cœur vous eft connu , vous favez s'il fouhaite
Que cette heureufe paix ne foit point imparfaite,

HIPPODAMIE.

La coupe de Tantale en eft l'heureux garant.
Nous l'attendons ici ; c'eft de moi qu'il la prend ;
Et c'eft même en ces lieux qu'il doit avec fon frère
Prononcer après moi ce ferment néceffaire.

(A Ærope & à Thiefte.)

C'eft trop fe défier : goûtez entre mes bras.

Un bonheur, mes enfans, que nous n'attendions pas?
Vous êtes arrivés par une route affreuse
Au but que vous marquait cette fin trop heureuse.
Sans outrager l'hymen, vous me donnez un fils;
Il a fait nos malheurs, mais il les a finis;
Et je peux à la fin, sans rougir de ma joie,
Remercier le ciel de ce don qu'il m'envoie.
Si vos terreurs encor vous laissent des soupçons,
Confiez-moi ce fils, Ærope, & j'en réponds.

THIESTE.

Eh bien, s'il est ainsi, Thieste & votre fille
Vont remettre en vos mains l'espoir de leur famille.
Vous, ma mere, & les dieux, vous serez son appui,
Jusqu'à l'heureux moment où je pars avec lui.

ÆROPE.

De mes tristes frayeurs à la fin délivrée,
Je me confie en tout à la mère d'Atrée,
Cours, Mégare.

MÉGARE.

Ah! princesse, à quoi m'obligez-vous !

ÆROPE.

Va, dis-je, ne crains rien.... sur vos sacrés genoux
En présence des dieux je mettrai sans alarmes,
Ce depôt précieux arrosé de mes larmes.

THIESTE.

C'est vous qui l'adoptez, & qui m'en répondez.

HIPPODAMIE.

N'en doutez pas.

POLEMON.

Voyez ce que vous hasardez,
Je veillerai sur lui.

ÆROPE.

Soyez sa protectrice:
Ma mère, s'il est né sous un cruel auspice
Corrigez de son sort le sinistre ascendant.

HIPPODAMIE.

On m'ôtera le jour avant que cet enfant....
Vous savez, belle Ærope en tous les tems si chère,
Si le ciel m'a donné des entrailles de mère.

SCENE III.

HIPPODAMIE, ÆROPE, THIESTE,
IDAS, POLÉMON.

IDAS.

REINES, on vous attend, Atrée est à l'autel.

ÆROPE.

Atrée.

IDAS.

Il doit lui-même, en ce jour solemnel,
Commencer sous vos yeux ces heureux sacrifices,
Immoler la victime, en offrir les prémices.

(A Ærope.)

Les goûter avec vous, tandis que dans ces lieux,
Pour confirmer la paix jurée au nom des dieux,
Je dois faire apporter la coupe de ses pères,
Ce gage auguste & saint de vos sermens sincères.
C'est à Thieste, à vous, de venir commencer
La fête qu'il ordonne & qu'il fait annoncer.

THIESTE.

Mais il pouvait lui-même ici nous en instruire;
Venir prendre sa mère, à l'autel nous conduire.
Il le devait.

IDAS.

Au temple un devoir plus pressé
De ces devoirs communs, seigneur, l'a dispensé.
Vous savez que les dieux sont aux rois plus propices,
Quand de leurs propres mains ils font les sacrifices.
Les rois des Argiens de ce droit sont jaloux.

THIESTE.

Allons donc chère Ærope.... à côté d'un époux,

Suivez sans vous troubler une mère adorée.
Je ne puis craindre ici l'inimitié d'Atrée ;
Engagé trop avant, il ne peut reculer.

ÆROPE.

Pardonne, cher époux, si tu me vois trembler.

HIPPODAMIE.

Venez, ne tardons plus.... Le sang des Pélopides
Dans ce jour fortuné n'aura point des perfides.

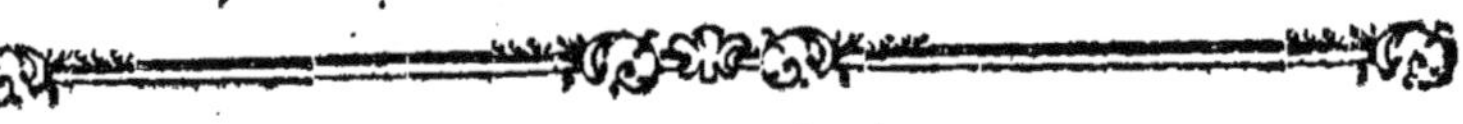

SCENE IV.

POLÉMON, IDAS.

IDAS.

Vous ne le suivez pas ?

POLÉMON.

Non, je reste en ces lieux ;
Et ces libations qu'on y va faire aux dieux,
Ces apprêts, ces sermens me tiennent en contrainte ;
Je vois trop de soldats entourer cette enceinte :
Vous devez y veiller : je dois compte au sénat
Des suites de la paix qu'il donne à cet état.
Ayez soin d'empêcher que tous ces satellites
De nos parvis sacrés ne passent les limites.
Que font-ils en ces lieux ? .... & vous, répondez-moi,
Vous aimez la vertu, même en flattant le roi,
Vous ne voudriez pas de la moindre injustice,
Fût-ce pour le servir, vous rendre le complice ?

IDAS.

C'est m'outrager, seigneur, que me le demander.

POLÉMON.

Mais il règne, on l'outrage ; il peut vous commander,
Ces actes de rigueur, ces effets de vengeance,
Qui ne trouvent souvent que trop d'obéissance.

IDAS.

Il n'oserait ; sachez, s'il a de tels desseins

Qu'il ne les confiera qu'aux plus vils des humains,
Ofez-vous accufer le roi d'être parjure ?

POLEMON.

Il a diffimulé l'excès de fon injure ;
Il garde un froid filence ; & depuis qu'il eft roi ,
Ce cœur que j'ai formé s'eft éloigné de moi.
La vengeance en tout tems a fouillé ma patrie ,
La race de Pélops tient de la barbarie.
Jamais prince en effet ne fut plus outragé.
Ne vous a-t-il pas dit qu'on le verrait vengé ?

IDAS.

Oui ; mais depuis , feigneur , dans fon ame ulcerée ,
Ainfi que parmi nous, j'ai vu la paix rentrée.
A ce jufte courroux dont il fut poffédé ,
Par degrés à mes yeux le calme a fuccédé.
Il eft devant les dieux ; déja des facrifices
Dans ce moment heureux on goûte les prémices.
Sur la coupe facrée on va jurer la paix
Que vos foins ont donnée à nos ardens fouhaits.

POLEMON.

Achevons notre ouvrage ; entrons, la porte s'ouvre,
De ce faint appareil la pompe fe découvre. (*)
La reine avec Ærope avance en ce parvis.
Au nom de nos deux rois à la fin réunis ,
On apporte en ces lieux la coupe de Tantale ;
Puiffe-t-elle à fes fils n'être jamais fatale.

SCENE V.

Tous les perfonnages précédens , ATRÉE, dans le fond.

POLEMON.

JE vois venir Atrée, & voici les momens
Où vous allez tous trois prononcer les fermens.

______

(*) *Ici on apporte l'autel avec la coupe. La reine, Ærope,
& Thiefte fe mettent à un des côtés. Polémon & Idas en la fa-
luant fe placent de l'autre.*

(Atrée se place derrière l'autel.)

HIPPODAMIE.

Vous les écouterez, Dieux souverains du monde ,
Dieux ! auteurs de ma race en malheurs si féconde ,
Vous les voulez finir , & la religion
Forme enfin les saints nœuds de la réunion,
Qui rend , après des jours de sang & de misère ,
Les peuples à leurs rois, les enfans à leur mère.
Si du trône des cieux vous ne dédaignez pas
D'honorer d'un coup d'œil les rois & les états ,
Prodiguez vos faveurs à la vertu du juste,
Si le crime est ici, que cette coupe auguste
En lave la souillure , & demeure à jamais
Un monument sacré de vos nouveaux bienfaits.

(A Atrée,)

Approchez-vous , mon fils. D'où naît cette contrainte ,
Et quelle horreur nouvelle en vos regards est peinte ?

ATRÉE.

Peut-être un peu de trouble a pu renaître en moi ,
En voyant que mon frère a soupçonné ma foi.
Des soldats de Micène il a mandé l'élite.

THIESTE.

Je veux que mes sujets se rangent à ma suite ,
Je les veux pour témoins de mes sermens sacrés.
Je les veux pour vengeurs si vous vous parjurez.

HIPPODAMIE.

Ah ! bannissez , mes fils, ces soupçons téméraires,
Honteux entre des rois, cruels entre des frères.
Tout doit être oublié ; la plainte aigrit les cœurs,
Rien ne doit de ce jour altérer les douceurs ;
Dans nos embrassemens qu'enfin tout se répare.

(A Polémon.)

Donnez-moi cette coupe.

MÉGARE, *accourant.*

Arrêtez !

ÆROPE,

ÆROPE.

      Ah! Mégare,
Tu reviens sans mon fils!

   MEGARE, *se plaçant près d'Ærope.*
      De farouches soldats
Ont saisi cet enfant dans mes débiles bras.

    ÆROPE.
Quoi, mon fils malheureux!

    MÉGARE.
      Interdite & tremblante,
Les dieux que j'attestais m'ont laissée expirante.
Craignez tout.

    THIESTE.
    Ah, mon frère! est-ce ainsi que ta foi
Se conserve à nos dieux, à tes sermens, à moi?...
Ta main tremble en touchant à la coupe sacrée!...

    ATRÉE.
Tremble, encor plus perfide, & reconnais Atrée,

    ÆROPE.
Dieux, quels maux je ressens! ô ma mère, ô mon fils!...
Je meurs!
  (Elle tombe dans les bras d'Hippodamie & de Thieste.)

   POLÉMON.
   Affreux soupçons, vous êtes éclaircis.

    ATRÉE.
Tu meurs, indigne Ærope, & tu mourras Thieste,
Ton détestable fils est celui de l'inceste,
Et ce vase contient le sang du malheureux,
J'ai voulu de ce sang vous abreuver tous deux.
  (La nuit se répand sur la scène, & on entend le tonnerre.)

   ATRÉE *tire son épée.*
Ce poison m'a vengé; glaive achève....

    THIESTE.
      Ah, barbare!
Tu mourras avant moi.... la foudre nous sépare....
        H

(Les deux frères veulent courir l'un sur l'autre le poignard à la main. Polemon & Idas les défarment.)

ATRÉE.

Crains la foudre & mon bras, tombe perfide & meurs !

HIPPODAMIE.

Monstres, fur votre mère épuifez vos fureurs.
Mon fein vous a portés ; je fuis la plus coupable.

(Elle embraffe Ærope & fe laiffe tomber auprès d'elle fur une banquette. Les éclairs & le tonnerre redoublent.

THIESTE.

Je ne puis t'arracher ta vie abominable,
Va , je finis la mienne.   *(Il fe tue.)*

ATRÉE.

                    Attend , rival cruel. . . .
Le jour fuit , l'enfer m'ouvre un fépulcre éternel ;
Je porterai la haine au fond de ces abîmes ;
Nous y difputerons de malheurs & de crimes.
Le féjour des forfaits , le féjour des tourmens ,
O Tantale ! ô mon père ! eft fait pour tes enfans.
Je fuis digne de toi , tu dois me reconnaître ;
Et mes derniers neveux m'égaleront peut-être,

Fin du cinquième & dernier Acte.

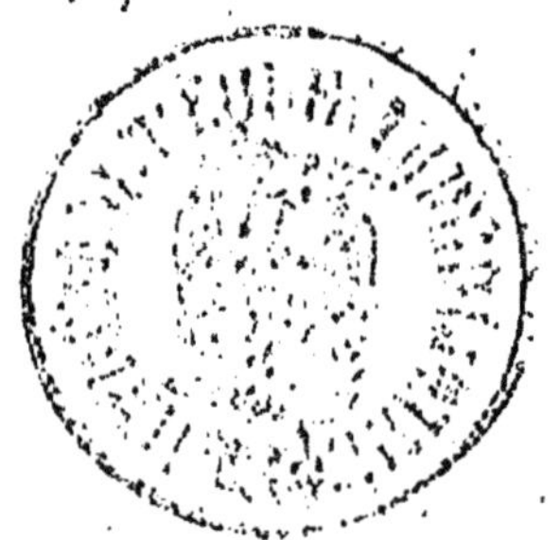

APPROBATION.

J'Ai lu par ordre de Monseigneur le Chancelier, les *Pélopides*, ou *Atrée & Thieste*, Tragédie de M. de Voltaire; & je n'y ai rien trouvé qui ne m'ait paru devoir en favoriser l'impression, A Paris, ce 7 Février 1772,

CREBILLON.